AF457058

CONTRE-AMIRAL RÉVEILLÈRE

Sur le Pont

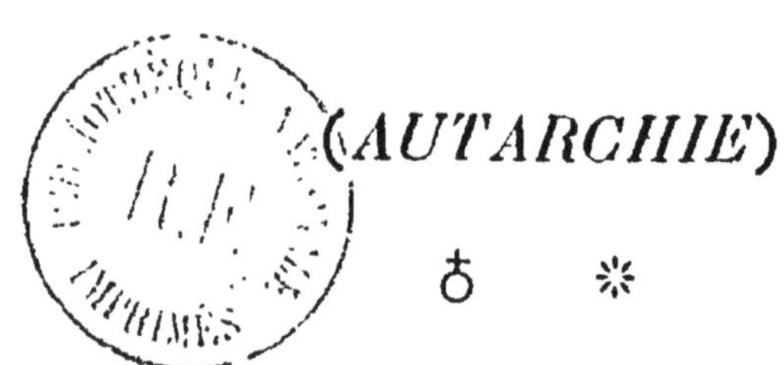

(AUTARCHIE)

Honorer Dieu,
Aimer l'humanité,
Agir en brave.
(*Triades.*)

BERGER-LEVRAULT & Cie, ÉDITEURS

PARIS
5, rue des Beaux-Arts

NANCY
18, rue des Glacis

1899

SUR LE PONT

OUVRAGES DU MÊME AUTEUR

La Conquête de l'Océan. 1 vol. in-12	3f 50
Un coup de sonde dans l'Océan des Mystères. 1 vol. in-12	2 »
Tutelle et Autarchie. 1 vol. in-12	2 »
L'Europe-Unie. 1 vol. in-12	2 »
Croix et Croissant. 1 vol. in-12	2 »
Recherche d'Idéal. 1 vol. in-12	2 »
Extension, Expansion. 1 vol. in-12	2 »
Propos d'Autarchiste. 1 vol in-12	2 »
Christianisme et Autarchie. 1 vol. in-12	2 »

(Berger-Levrault et Cie, *éditeurs.*)

Gaulos et Gaulois. 1 vol. in-16	1 »
Énigmes de la Nature. 1 vol. in-16	1 »
A travers l'Inconnaissable. 1 vol. in-16	1 »
Graines au Vent. 1 vol. in-16	1 »
La Voix des Pierres. 1 vol. in-18	1 »
Germes et Embryons. 1 vol. in-18	1 »
Réflexions diverses. 1 vol. in-18	1 »
Le Haut-Mékong. 1 vol. in-8°	2 »
Cochinchine et Cambodge. 1 vol. in-12	3 50
Autour du Monde. 1 vol. in-12	3 50
Contre Vent et Marée. 1 vol. in-12	3 50
Lettres d'un Marin. 1 vol. in-12	3 50
Les Trois Caps. 1 vol. in-12	3 50
En Mer. 1 vol. in-12	1 »
Récits et Nouvelles. 1 vol. in-12	1 »
Mers de l'Inde. 1 vol. in-12	2 »
Mers de Chine. 1 vol. in-12	2 50
Un Jour à Monaco. 1 vol. in-18	1 »
A Barcelone. 1 vol. in-18	1 »

(Fischbacher, *éditeur.*)

CONTRE-AMIRAL RÉVEILLÈRE

Sur le Pont

(AUTARCHIE)

♁ ❊

Honorer Dieu,
Aimer l'humanité,
Agir en brave.
(*Triades.*)

BERGER-LEVRAULT & Cie, ÉDITEURS

PARIS
5, rue des Beaux-Arts

NANCY
18, rue des Glacis

1899

A

MES COMPAGNONS DE MER

SUR LE PONT

> Honorer Dieu,
> Aimer l'humanité,
> Agir en brave.
>
> (*Triades.*)

Le soleil disparaît dans l'incendie du couchant et lentement se dissipe le voile de lumière qui dérobait à nos yeux le vrai ciel.

Dans les brumes de l'horizon de la nuit, la mer et le ciel se confondent, et la mer semble se perdre à l'infini dans l'étendue.

Entre l'infini apparent de la mer et l'infini réel de l'espace, on est hanté par l'obsession du *Pourquoi?* La solution, pour nous humains, est la conscience de notre liberté, de notre dignité, le respect du Moi, la bienveillance universelle. C'est la morale de Jésus, c'est la morale du Bouddha, son prédécesseur. Il n'y en a point d'autre. Les grandes religions humaines, de leurs symboles poétiques et touchants, sertissent ces merveilleux diamants de leurs montures ciselées.

On m'objectera peut-être que je me contredis?

Mais la contradiction n'est-elle point enracinée au plus profond de notre être? Tout homme qui ne se sent pas comme un tissu vivant de contradictions ne se connaît pas.

Quoi de plus contradictoire que le fini et l'infini? Et, de par notre nature, ne tenons-nous pas de l'infini et du fini?

Quand la Croix du Sud s'élève au méridien, le fût de la croix se dresse vertical et les bras s'étendent parallèles à l'horizon, commandant le regard au milieu des richesses de la voûte étoilée. Alors, par un effort involontaire de l'imagination, hypnotisé peut-être par une contemplation prolongée, il me semble voir cloué sur l'étincelante constellation le corps lumineux du crucifié et, dans la profondeur de ma poitrine, retentit une voix : Ne cherche point, dit-elle, la bonté de Dieu dans l'univers, tu ne l'y trouveras pas; mais cherche dans ton cœur et, si tu as su y faire germer l'amour des hommes, tu y sentiras le reflet de la Bonté suprême.

En montant sur le pont dans les mers australes, instinctivement je cherchais la Croix du Sud et les Nuées de Magellan, et, suivant mes dispositions, l'un ou l'autre de ces phénomènes célestes donnait une direction à mes pensées. Car l'un et l'autre correspondent aux tendances opposées de tout esprit : la tendance scientifique et positiviste, la tendance idéaliste. Sans pouvoir se fixer, ma pensée penche tantôt d'un côté, tantôt de l'autre.

Et qui de nous n'oscille pas sans cesse entre ces antithèses, tour à tour attiré par le monde de la matière et le monde intelligible, s'usant en vain à la recherche de l'absolu ?

J'ai été très sincèrement athée, athée robuste et résolu, comme on l'était au XVIIIe siècle. A mon sens, il est très naturel d'être athée à une certaine période de sa vie. S'il est un besoin naturel pour notre intelligence, c'est bien le besoin d'unité — besoin d'autant plus intense que chacun sent bien n'être au fond qu'un assemblage hétéroclite des plus monstrueuses contradictions. La synthèse la plus simple de toutes ces antithèses, la conciliation radicale de toutes ces contradictions, c'est assurément l'athéisme. Il est le remède suprême à l'affolement intellectuel, comme le suicide est la guérison de toutes les maladies.

Au lieu de se réfugier dans l'athéisme, d'autres préfèrent un autre genre de suicide intellectuel : l'aveugle acceptation des opinions de leur milieu.

Le vieillard fatigué de recherches vaines trouve enfin le repos dans une immense pitié pour les infirmités humaines.

*
* *

A lui seul, le Grand Nuage couvre plus de quarante degrés carrés. Pour notre œil, c'est une pâle lueur assez semblable à celle de la Voie lactée. Dans le télescope, on y découvre plus de six cents ✻ polychromes, cinq cents amas d'✻ et trois cents nébuleuses irréductibles. Notre intelligence se perd dans ces immensités qui nous écrasent. On se demande s'il vaut la peine de s'agiter sur cette ♁, si la sagesse n'est pas le suprême dédain des choses et des hommes.

Et vraiment il en serait bien ainsi si notre destinée se bornait aux quelques instants passés sur notre infime planète, et la *délivrance* bouddhique serait la vérité.

Par contraste, non loin de ces nuages sidéraux, le ciel est plaqué de taches noires; la plus vaste et la plus obscure se distingue à l'œil nu près de la Croix du Sud. On appelle *sacs à charbon* ces ténébreux espaces. Ce sont des lieux vides d'✻, peut-être des cimetières d'astres morts, peut-être des trous de regard sur le néant.

Non, ce n'est pas encore le néant, l'univers est sans bornes ; c'est un vide relatif, et nos instruments y découvrent de rares ✻ dont l'éloignement est énorme. Ce contraste des Nuages magellaniques et du sac à charbon de la Croix du Sud complique la structure de l'univers. Comme la ♁, le ciel a ses déserts et ses contrées fertiles.

Ce vide, près de l'étincelante Croix du Sud, semble une image de l'antithèse entre l'activité chrétienne et le néant bouddhique. Le Bouddhisme contemplateur, sublime doctrine de pardon et de pitié, ne sut être une doctrine de charité agissante. Notre idéal est une image embellie, mais c'est bien l'image de la réalité telle que nous la voulons. Le Nirvâna est l'évanouissement de l'être dans le Grand Tout; l'idéal proclamé par le Druidisme christianisé des Mystères des Bardes est l'éternel développement de la personnalité par une activité de plus en plus intense.

La lune nous offre un exemple de l'importance du point de vue dans nos jugements sur les choses.

La lune, disaient les uns, ne tourne pas autour de son axe, puisque nous en voyons toujours la même face.

La lune, disaient les autres, tourne autour de son axe, puisque nous en voyons toujours la même face.

Ces disputeurs avaient également raison. *Pour nous,* la lune ne tourne pas, cela est bien certain, puisque nous l'apercevons toujours sous le même aspect. Mais il est non moins certain qu'un habitant de Mars la voit accomplir sa révolution, autour de son axe, dans le temps qu'elle met à parcourir son orbite — tout compte fait, c'est l'habitant de Mars qui est dans le vrai.

*
* *

Les contes australiens sont des explications des problèmes qui agitent l'esprit des primitifs, comme l'origine des constellations ou de l'arc-en-ciel (leur explication de ce dernier météore vaut celle de la Bible), du feu ou de la mort. On y saisit sur le fait ces premiers efforts de l'esprit qui aboutiront au système de Laplace, à la belle théorie de l'arc-en-ciel de Descartes (dont on ne lui est pas assez reconnaissant). Quant à l'origine du feu et de la mort, nous sommes aussi avancés que les Australiens.

Nos sens nous trompent abominablement, puisqu'ils nous montrent un ciel calme et morne, là où règnent une si violente agitation, un tel fourmillement, des mouvements de toutes directions et de tous genres, de si effroyables vitesses qu'après en avoir constaté l'existence, nous restons impuissants à nous les imaginer.

Avant l'astronomie physique (nous avons même aujourd'hui l'astronomie chimique), nous avons eu l'astronomie mathématique, la première science constituée. On peut l'appeler la reine des sciences, parce qu'aucune ne met en aussi pleine lumière la puissance de l'intelligence humaine. En quoi consistent les observations astronomiques fondamentales? A compter des temps et mesurer des angles. Il est impossible de considérer des faits plus dénués d'intérêt par eux-mêmes; mais l'analyse mathématique s'empare de ces faits insignifiants, pour en tirer les plus merveilleuses conséquences. Fréquemment en astronomie, par les mathématiques seules, on parvient à déterminer des phénomènes dont l'existence est ensuite confirmée par l'observation. La découverte de Neptune est l'exemple le plus éclatant de la puissance déductive des mathématiques. Les titubations de Sirius ont également permis de déterminer l'orbite d'un compagnon invisible, cause de sa marche incorrecte. Le compagnon de Sirius était donc théoriquement connu avant son apparition dans la lunette géante qui permit à nos sens de vérifier la prophétie mathématique. Hors les applications de la mécanique rationnelle, dont l'astronomie mathématique est un simple prolongement, une telle ambition est rarement permise. Au lieu de voir les faits confirmer la théorie, il faut se contenter de conformer la théorie aux faits.

L'astronomie est bien la reine des sciences, parce que c'est elle qui demande le moins à l'expérience et qui obtient le plus de la déduction pure. Avec une précision, une certitude, une perfection sans égales, elle atteint le suprême but de la science : prévoir.

Chez l'animal, la prévision est d'ordinaire instinctive, ses rares prévisions raisonnées sont, en tout cas, de très courte portée. Prévoir, c'est bien la caractéristique, le suprême privilège de l'homme, et la devise de l'école positiviste est aussi belle que vraie :

Savoir pour prévoir, prévoir pour agir.

La science est notre arme dans la lutte contre la nature, l'instrument de notre émancipation du joug de la matière...

. . . .

. . . .

Et la Croix du Sud, s'offrant à mes regards, me rappelle que le joug le plus pesant est l'oppression de notre nature divine par notre nature bestiale. La science est un instrument de libération, elle n'est pas la délivrance ; elle ne suffit pas à faire, de la bête-homme, l'Homme-Dieu.

***

Un jour, espérons-le, les fils d'Adam se dépouilleront de leurs sots préjugés. Alors le nom de Cayenne rappellera, dans la grande épopée de l'histoire, un fait d'une bien autre importance que nos plus sanglantes batailles : la découverte de l'accourcissement, en cette petite ville, du pendule battant la seconde à Paris.

Ce pendule est plus court de trois demi-lignes par cette latitude. Telle fut en 1672 la découverte de Richer.

Quand le grand Newton eut connaissance de ce fait capital, il l'analysa avec soin.

De ses travaux il résulta :

1° Deux demi-lignes d'accourcissement ont pour cause la force centrifuge ;

2° Un accourcissement d'une demi-ligne est dû au renflement de la ♁ à l'équateur.

La rotation de la ♁ était démontrée par ce fait tangible. L'expérience confirmait la théorie de Copernic et de Galilée. L'aplatissement du globe était à la fois une seconde preuve de la rotation terrestre et la démonstration de l'antique état de fluidité de notre monde. L'histoire physique de notre planète avait un point de départ authentique. Ce fut aussi la base de la sublime cosmogonie de Laplace, œuvre de Titan.

Sans compter les matières ignorées, les espaces sont remplis des corps les plus variés : soleils éteints, pierres moins grosses que le poing — aérolithes plus denses que nos roches les plus dures, matière cométaire si ténue qu'elle défie toute appréciation — gaz des nébuleuses — là, une comète gigantesque rase de son noyau, avec une vitesse vertigineuse, la photosphère solaire, tandis que sa queue franchit les bornes de l'orbite terrestre. En revanche, combien de comètes minuscules échappent au télescope ! Képler, doué d'un vrai génie prophétique, disait : Il y a plus de comètes dans le ciel que de poissons dans l'Océan.

*
* *

Comme marin, j'adore la douce Phœbé qui est, dit-on, le soleil des loups et des gens de mer. Comme penseur, je lui en veux de dérober à mes regards, en partie, les diamants de la voûte étoilée, en les voilant de sa pâle lumière. La pauvre ♁ a bien de la peine à remorquer son lourd satellite, nous n'en avons qu'un, mais il compte ; et toute proportion gardée, il a autrement d'importance que tous les satellites de Jupiter réunis. La lune s'enorgueillit de ses montagnes colossales, de ses énormes cratères, de ses cirques gigantesques, la puissance de ses reliefs se conçoit aisément. La faiblesse de sa masse relativement à celle de notre planète nous permet d'affirmer l'infériorité de la pesanteur à sa surface — pesanteur exactement calculée. Cette infériorité de pesanteur superficielle a permis aux forces élastiques des gaz intérieurs de la bouleverser tout à l'aise. Il y a lieu de penser que la surface des planètes est d'autant plus unie que leurs masses et leurs densités sont plus grandes, car l'action niveleuse de la pesanteur y est plus énergique. Le poids du corps d'un cerf à la surface de Jupiter lui briserait les pattes.

*
* *

Qu'est-ce que Dieu pour nous? C'est la souveraine justice. Le moteur de tous ces astres, l'allumeur de tous ces brasiers, ne parle ni à mon intelligence ni à mon cœur.

A quoi tout cela sert-il?

Teutatès (*Tud-Tad*, le père du peuple), guide souverain des âmes dans leurs migrations successives, est encore le Dieu qui convient le mieux à ma raison.

Comme des fantômes errants, les nuages cotonneux traversent le dôme azuré, assombri par la nuit; le navire, au plus près, refoule vaillamment la houle et les lames ameutées par la brise. Si l'on n'en avait pas l'habitude, on se défendrait difficilement d'un sentiment de crainte, quand le navire se couche sur lè flanc sous l'effort des risées.

Alors les mystérieuses Nuées de Magellan m'attirent.

N'est-ce point étrange cette masse d'univers accumulés en un seul point du ciel? Ils apparaissent dans un désert d'✳ comme si, dans cette région, quelque ouragan céleste avait balayé le firmament pour accumuler en un point la poussière des soleils. Dans toute la sphère céleste, rien d'aussi grandiose ne frappe le regard.

⁂

Nous ne comprenons pas pourquoi nous sommes ce que nous sommes. Mais pourquoi, dans une existence supérieure, ne deviendrions-nous pas assez intelligents pour comprendre la raison de cette existence et même des existences passées? Les Mystères des Bardes affirment qu'il en est ainsi. Est-il impossible d'admettre que nous fassions un jour, avec succès, sur nous-mêmes, un travail analogue à celui des géologues qui parviennent à reconstruire le monde passé avec les traces de ce monde passé, retrouvées dans le monde présent?

Admettons que nous perdions la mémoire à la mort, — dans une existence supérieure, l'examen, par nous-mêmes, des beautés ou des difformités de notre être ne pourrait-il nous rendre compte des causes qui les ont engendrées?

Pourquoi, dira-t-on, ne parvenons-nous pas sur la ♁ à cette connaissance? Parce que notre capacité intellectuelle est actuellement insuffisante, mais il dépend de nous de la développer sans limite par une bonne préparation ici-bas.

Êtres finis, nous ne pouvons qu'occuper successivement les divers points de l'espace et vivre successivement dans les diverses durées du temps.

*
* *

De toutes les sciences, c'est l'astronomie qui manifeste, avec le plus d'éclat, l'unité humaine, c'est-à-dire la solidarité des générations successives. En chimie, en physique, l'expérimentateur jouit immédiatement du fruit de son travail. L'astronome, lui, sait que, pour donner des résultats, ses observations demandent souvent des siècles; avec le plus grand naturel, il dit couramment : *Nous* saurons cela dans cinq ou six cents ans.

En compensation, il a la jouissance de recueillir le fruit des travaux de prédécesseurs morts depuis longtemps. Ainsi le grand Hipparque découvrit la précession des équinoxes au moyen des observations d'Aristille et de Timocharis.

La nuit est venue, nuit sans lune; une succession de grains a purifié l'air. L'atmosphère est d'une transparence parfaite. Partout les ✳ scintillent, surtout aux environs de la Voie lactée. Tout le ciel vibre. *Cœli enarrant gloriam Dei...* je veux bien; mais, sur la ♁, les cieux chantent la gloire de Dieu par la voix et le génie de l'homme.

Par quelle disposition d'esprit, aujourd'hui, le ciel ne me dit-il rien? Je l'ignore. Mais lorsque je l'interroge, il me répond sèchement : Toutes les molécules de l'univers gravitent les unes vers les autres en raison directe de leurs masses et inversement aux carrés de leurs distances. Cela suffit au maintien de l'ordre céleste. Ne me demande rien de plus, je ne connais que la matière et ses lois inéluctables. Ici tout est fatal.

L'homme a été doté de cet extraordinaire privilège de refaire à sa convenance le monde dans lequel il vit — et de cet autre privilège, encore plus étrange et surtout plus incompréhensible, de se refaire lui-même.

Je ne sais ce qu'est l'homme, mais sûrement il est un principe d'activité.

Le Bouddhisme a méconnu la nature humaine en cherchant la délivrance dans l'anéantissement du moi.

L'astronomie s'élève tout naturellement à la plus haute poésie ; quoi de plus grandiose que la préface du Système du Monde de Laplace? Est-il un morceau de littérature plus brillant que les réflexions de Flammarion sur la comète de Halley? D'après ses calculs, Halley eut l'audace de prédire, pour 1759, le retour de la comète de 1682 : les uns souriaient de pitié, les autres criaient au blasphème.

« Il (Halley) suivit la destinée commune, il vieillit et descendit dans la nuit du tombeau, la cigale chanta dans l'herbe du cimetière, le corps du pauvre astronome retourna aux éléments d'où il était sorti. Le silence et l'oubli l'ensevelissaient, comme ils ensevelissent toutes choses. Quand un soir, dans la profondeur des cieux, on vit arriver, du fond de l'espace, une clarté étrange qui tout à coup se dressa, s'éleva dans les constellations, plana dans les cieux, semant des flammes dans l'immensité étoilée. C'était la comète de Halley qui répondait à son appel. C'était la vérité astronomique qui venait resplendir sur le tombeau de son prophète. »

Quelle confiance dans la déduction mathématique! Et travailler dans l'espoir des applaudissements de gens qui vous applaudiront quand vous serez en poussière, ne serait-ce pas pure démence, si ce n'était la très noble foi de la solidarité des vivants du jour et des vivants de l'avenir?

La notion astronomique de l'univers nous donne le sentiment le plus élevé de la puissance de notre esprit, et nous devons répéter avec Laplace : « L'astronomie, par la dignité de son objet et la perfection de ses théories, est le plus beau monument de l'esprit humain, le titre le plus noble de son intelligence. Séduit par l'illusion des sens et de l'amour-propre, l'homme s'est regardé longtemps comme le centre du mouvement des astres, et son vain orgueil a été puni par les frayeurs qu'ils lui ont inspirées. Enfin plusieurs siècles de travaux ont fait tomber le voile qui cachait à ses yeux le système du monde. Alors il s'est vu sur une planète presque imperceptible dans le système solaire, dont la vaste étendue n'est elle-même qu'un point insensible dans l'immensité de l'espace. Les résultats sublimes auxquels cette découverte l'a conduit, sont bien propres à le consoler du rang qu'elle assigne à la ♁, en lui montrant sa propre grandeur dans la petitesse de la base qui lui servit à mesurer les cieux. »

Pour toute intelligence non obscurcie par de vains sophismes, que peut être la grandeur de l'homme sinon un bien pâle reflet de la grandeur de Dieu ?

Et la resplendissante Croix du Sud me ramène au monde moral et me crie : Absorbé par la contemplation de ses propres œuvres et par sa lutte obstinée contre la nature, l'homme oublie trop souvent la plus noble des luttes, la lutte contre la bête qui vit en lui. Il y a quelque chose de plus admirable que l'univers, c'est la grandeur morale ; il y a quelque chose de plus beau que la science, c'est le sacrifice et le dévouement.

De l'infinie variété des phénomènes et des êtres sur notre infime atome terrestre, nous pouvons conclure à l'infinie variété des phénomènes et des êtres dans tous les mondes de l'univers.

*
* *

Oui, comme être fini, je suis enchaîné dans un cercle nécessaire, mais j'ai la liberté de me mouvoir dans ses limites. La liberté humaine, liberté restreinte, est la faculté d'agir dans un cercle déterminé. Si je vois dans l'ordre du ciel une fatalité absolue, je pressens comme antithèse une liberté absolue ; je ne puis la comprendre, l'humanité l'a appelée Dieu.

Le Grand Tout se présente à nous sous trois faces :

Matière (Fatalité).

	Vie.	
Esprit . .	Intelligence.	Liberté.
	Volonté.	

C'est le dieu tricéphale.

Je ne puis comprendre une intelligence sans volonté, une volonté sans liberté, une liberté sans intelligence et volonté.

Intelligence, Volonté, Liberté, c'est la divine trinité que nos pères voulurent adorer dans le culte de la Raison.

*
* *

Le simple est une pure abstraction — le simple (pour nous du moins) n'existe nulle part. Nous ne connaissons, ni ne pouvons rien connaître de simple.

Rien ne noùs autorise à affirmer la simplicité de l'âme, puisque la simplicité absolue ne nous offre aucun sens. Très vraisemblablement, au contraire, l'âme est chose infiniment complexe.

Sauf des raisons morales, rien ne nous permet de préjuger l'indestructibilité de l'âme ; mais nous n'aurions aucun droit de conclure de sa complexité à sa dissolution nécessaire. Rien ne nous autorise à transporter dans le monde immatériel les idées puisées dans le monde de la nature.

Non, je ne puis imaginer un point de l'espace où ne s'exerce pas la puissance infinie, un instant où l'éternelle Activité sommeille. Tout progrès dans le télescope ou la lunette recule les limites de l'univers.

Ces nébuleuses sont-elles irréductibles? nous assistons à la création de nouveaux soleils. Sont-elles résolubles? Nous embrassons dans un tout petit cadre un groupe d'✳ plus ou moins analogue au groupe dont nous faisons partie, humble îlot de l'immense archipel semé dans l'océan de l'éther. Par ses sondes immortelles, Herschel a marqué la position de notre soleil dans son groupe de forme discoïde, très mince par rapport à son diamètre, position assez centrale. Aussi, quand nous portons nos regards vers les pôles du disque, ils traversent une couche de peu d'épaisseur, rencontrant relativement peu d'✳ qui semblent clairsemées. Portons-nous au contraire nos regards dans le sens de l'aplatissement du disque, c'est-à-dire vers la Voie lactée, ils rencontrent un nombre si prodigieux d'* qu'ils ne peuvent se faire jour au travers. L'accumulation apparente de ces soleils, par un effet de perspective, engendre alors cette bande lumineuse — route des dieux pour les Égyptiens, chemin des âmes pour les Iroquois (croyance conforme à notre tendance à transporter la vie dans le ciel), fleuve céleste pour les Chinois — et dont Démocrite, par une divination du génie, affirma la vraie nature... et, dans cet infini que l'astronomie nous dévoile, l'extinction d'un soleil et la mort d'un moucheron sont des phénomènes de même importance.

⁂

L'infinie variété de l'univers céleste répond à une infinie variété d'existences.

⁂

Il existe des mondes où les variations de température sont effroyables. Des gens autrement constitués que nous, disposant d'autres ressources, y vivent peut-être fort à l'aise?... peut-être bien aussi sont-ils en purgatoire?

Nous vivons dans un monde modéré, dans une planète très bourgeoise.

⁂

L'absolu est un besoin de la raison, mais un besoin prouve-t-il une réalité?

⁂

Là d'immenses espaces séparent les ✳ et cependant nous ne pouvons douter qu'elles marchent de concert, comme les Hyades manifestement apparentées, et plus encore comme les Pléiades, dont le mouvement commun est démontré par l'observation.

Ici les soleils nous apparaissent si fortement tassés qu'ils prennent, par leur agglomération, l'aspect de nuages arrondis, formés d'une poussière stellaire que les plus puissants instruments ne peuvent disperser.

Quelle variété dans ces associations de soleils, depuis les Hyades si écartées jusqu'au dense amas du Toucan!

⁂

On s'est effrayé jadis de notre rencontre possible avec une comète, nous ne nous préoccupons plus guère de cet improbable danger; mais il en est un autre, vraisemblablement plus grand, sur lequel nous n'avons aucune donnée: c'est notre rencontre avec un soleil éteint.

Supposons le choc des masses énormes de deux soleils éteints s'élançant l'un sur l'autre avec une de ces vitesses constatées de trois cent mille mètres par seconde — vitesses qui iraient encore s'accélérant par l'effet de la gravitation dont la puissance s'accroît inversement aux carrés des distances — au choc, la force vive se transforme en chaleur, soudain s'allume un immense brasier où la matière se volatilise à une température que nous ne pouvons soupçonner.

Dans les espaces célestes, les soleils se choquent peut-être comme les molécules d'un gaz; ici la molécule est une ✳ et le récipient est l'infini.

Comme la loi de la gravitation suffit au maintien de l'ordre dans l'univers, la loi de la conservation de l'énergie suffit à l'éternelle conservation de son activité, à son évolution éternelle.

Nous assistons à une suite indéfinie de transformations successives. Rien n'est stable. Tout se détruit pour se reconstituer avec des éléments et des énergies indestructibles. Toute destruction est suivie d'une recomposition nouvelle. Siva et Brahma se relèvent dans l'éternel travail sur le Grand Tout. Les atomes persistent, les énergies ne s'éteignent jamais. Toute disparition apparente est une transmutation réelle. Toute dispersion est suivie d'une condensation ultérieure, comme toute condensation est suivie d'une dispersion dont la cause peut être la rencontre de deux astres morts qui s'apprêtent à rentrer en scène.

Ici la révolution d'une ⁂ double s'accomplit en sept ans, cette autre demande des siècles, il en est qui demandent des milliers d'années.

La plus haute intelligence que nous connaissions est celle de l'homme, voilà pourquoi nous sommes inévitablement anthropomorphistes.

Il semble tout à fait superflu de discuter l'existence du Dieu métaphysique. Qu'il existe ou non, peu nous importe; ce qui nous intéresse, c'est la Providence. Quel intérêt pourrions-nous porter à un Dieu qui ne nous en porte pas?

Comme dans l'océan marin, il existe des courants emportant des algues chargées d'animalcules, il y a dans l'océan éthéré, des courants, des fleuves d'éther, emportant des astres chargés d'humanités.

Des occultations d'⁂, nous concluons l'extrême petitesse de leur diamètre apparent, puisque leur disparition est instantanée; le calcul confirme cette donnée de l'observation directe. Nous percevons d'énormes différences d'éclat, nous ne percevons aucune différence de diamètre. L'éloignement n'est pas la seule cause de ces différences d'éclat, puisqu'il est de magnifiques ✻ dont la parallaxe est insensible. Il existe bien certainement des soleils géants et des soleils nains, comme il existe, dans l'Océan, des baleines et des animalcules. Pourquoi les grains de poussière stellaire seraient-ils de même grosseur? Les plus brillants soleils sont loin d'avoir l'allure la plus rapide. La plus grande variété règne dans les espaces célestes, les astres diffèrent autant par leur grandeur et leur vitesse que par leur couleur, signe évident de la variété de leurs constitutions et de leurs températures. Plus la lumière est blanche, plus la température est élevée; le rouge signale le déclin.

Nous ne nous faisons guère à l'idée d'une terre éclairée par un soleil violet, encore moins d'un monde éclairé par deux soleils, l'un jaune ou rouge, l'autre bleu saphir ou émeraude. Nous voyons même un soleil passer par toutes les couleurs de l'arc-en-ciel. Les couples de soleils abondent; d'ordinaire, de différentes couleurs tous deux. Les systèmes triples, plus rares, posent à l'astronomie le problème des Trois Corps, trop élevé pour nos mathématiques. Il est des systèmes quadruples, notamment ceux qui sont composés de deux couples distants, chaque couple très serré. Nous connaissons même des systèmes sextuples. Ce doit être charmant d'être éclairé par six soleils; dans ces mondes-là, il n'y a pas de marchands de chandelles, et les politiciens n'ont pas à demander la lumière... et les mondes où, au lieu de la nuit, un jour bleu ou vert succède à un jour jaune ou rouge; pour peu que ces mondes aient quelques lunes, il doit s'y produire des jeux de lumière d'une étonnante variété.

Et maintenant que nous connaissons l'existence de tous ces pays étranges, n'est-il pas naturel de penser que nous aurons un jour le plaisir de les visiter?

Là deux soleils, toujours en même situation, l'un par rapport à l'autre, volent de compagnie, sans broncher, en ligne droite, avec une vertigineuse rapidité.

Ce n'est sans doute qu'une apparence et nous verrions un tout autre phénomène, si nous avions la faculté de rétrécir le temps.

La température des planètes ne dépend pas uniquement de leur soleil, mais encore de la température du milieu dans lequel elles se livrent à leur course échevelée. Dans l'infini céleste, il y a certainement des espaces polaires ou surchauffés. Depuis les travaux de Pouillet, nous avons des notions positives sur la température de l'espace, bien insuffisantes assurément pour nous faire une idée de ses variations, malgré la vélocité de la flotte solaire dans ses pérégrinations célestes.

*
* *

L'aspect décharné de la lune lui donne toute l'apparence d'un squelette d'astre. Il ne serait pas étonnant qu'elle fût défunte, son grand âge explique suffisamment son décès. En effet, elle est plus vieille que la ♁, sa mère. Car, dans cette singulière population des astres, les enfants sont adultes avant leurs parents. La mère ne prend conscience d'elle-même que longtemps après que son petit s'est détaché du sein maternel. D'ailleurs, la débilité de ces enfants les condamne à une vie relativement brève.

La ♁, aujourd'hui éteinte, fut pour la lune un ardent soleil. Il nous est bien difficile de comprendre le genre de vie de ce monde lunaire où un hémisphère jouissait toujours de la chaleur et de la lumière terrestres, tandis que l'autre restait toujours dans la nuit — nuit relative. En effet, à l'époque où la ♁ était incandescente, elle avait une bien autre influence que le soleil sur l'existence des sélénites. Pour notre compagnon, la durée de son jour solaire est précisément notre mois lunaire. Les habitants de notre satellite différaient donc totalement de nous au physique. Je ne vois d'ailleurs aucune raison pour ne pas y voir des ancêtres de certains vivants de notre planète ; vraisemblablement des migrations de germes de la lune à la ♁ ont contribué à peupler celle-ci.

* * *

Très vraisemblablement, le ciel est aussi fertile en catastrophes que la ♁.

Il y a des incendies d'astres qui doivent se répercuter terriblement sur leurs compagnons.

D'après les comptes rendus des journaux, les collisions de navires paraissent très fréquentes ; en réalité, elles sont très rares par rapport à l'activité de la circulation maritime. Les collisions d'astres infiniment rares, comparées à la quantité des astres circulant, sont peut-être en réalité nombreuses.

Comme la gravitation est la loi générale de l'univers, les accidents seraient incessants si les masses énormes, qui se meuvent avec des vitesses formidables, n'étaient séparées par de prodigieuses distances.

Nous sommes indifférents aux accidents célestes parce que nous ne connaissons pas les souffrances qu'ils engendrent. De même, nous disparaîtrions avec tout le système solaire sans causer la moindre émotion dans le reste de l'univers. Soyons modestes, ayons conscience de notre néant.

*
* *

Les planètes les plus éloignées du soleil, qui sont les premières nées, doivent logiquement mourir les premières. Uranus et Neptune sont vraisemblablement défunts de longue date et le vieux Saturne ne vaut guère mieux. Peut-être avons-nous déjà vécu là ? Ces planètes, qui voient le soleil sous un angle si petit (de Neptune on doit le confondre presque avec les ✻), au temps de leur prospérité, l'ont contemplé sous un angle plus grand que nous ne le voyons nous-mêmes. La photosphère solaire ne s'était point encore contractée dans ses limites actuelles. Il est bien difficile, pour nous, d'imaginer la vie sur une planète d'où l'on aperçoit le soleil sous un angle d'une minute. Les gens de Neptune devaient vivre au temps où Mercure, peut-être Vénus, faisaient encore partie de l'astre radieux. Des astres naissent, d'autres meurent et les esprits ou les germes de vie émigrent de l'un à l'autre à travers les espaces infinis.

Nous sommes inévitablement portés à considérer comme nécessaires des conditions de vie analogues aux conditions de la nôtre. C'est probablement très faux.

S'il y a encore des habitants intelligents dans Neptune, et s'ils ont conservé des traditions très antiques, ils peuvent avoir, sur l'ensemble des choses, des idées beaucoup plus justes et plus étendues que nous.

*
* *

Tout homme lancé par la nécessité ou par ses goûts dans des études purement scientifiques, subit la tentation de l'athéisme où il trouve le repos de l'esprit. Pour la plupart, c'est une crise transitoire.

Au début de la maturité, on n'échappe pas au positivisme. Toutefois, selon les tempéraments, ce positivisme revêt deux formes opposées.

A ce moment de la vie, l'homme, en pleine force, est en pleine activité ; la grande affaire pour lui est de produire, d'aimer, de se reproduire, de travailler pour ceux à qui il a donné le jour. Les choses étrangères aux soins de la vie pratique ont pour lui peu d'attraits. Pour les uns, le plus court est d'adopter sans discussion la religion positive dans laquelle ils sont nés. Les autres se réfugient dans le positivisme d'Auguste Comte. Au fond, les uns et les autres sont conduits par le même sentiment : la conviction de la vanité de toute recherche en dehors du monde de l'expérience.

Les positivistes religieux disent : Puisque nous ne pouvons rien savoir en dehors du monde de l'expérience, acceptons les yeux fermés le guide consacré par le temps.

Les positivistes scientifiques disent de leur côté : « Cultivons avec amour le champ de l'expérience, il est illimité et, par suite, plus que suffisant pour absorber toutes les facultés humaines. L'homme est né pour l'étude et pour le travail, il n'a pas assez de temps à vivre pour le perdre à la poursuite de chimères qui ne mènent à rien. »

⁂

La 61ᵉ du Cygne a servi à mesurer les cieux — Bessel le premier a mesuré la distance où nous étions d'une ✳.

Nous pouvons parfaitement comparer entre elles les distances de la ♁ aux diverses ✳, et dire telle ✳ est deux fois plus éloignée que telle autre ; mais la distance d'une ✳ à la ♁ est chose disproportionnée à notre faculté d'intuition. Nous pouvons bien énoncer les milliards de kilomètres qui nous séparent de ces astres ; mais cela ne représente absolument rien à notre imagination.

Que de travaux il a fallu, bon Dieu, pour en arriver à marquer une longitude sur un carré de papier ! C'est le résumé de toute l'astronomie positive. Sans parler de l'astronomie contemplative, ni des observations déjà scientifiques des Chinois, des Égyptiens et des Chaldéens, pour arriver à ce résultat, il a fallu toute une succession d'hommes de génie, de Timocharis et Aristille — en passant par le grand Hipparque, qui découvrit la précession des équinoxes et Copernic qui mit la ♁ à sa place — aux Clairaut, Condorcet, Lagrange, enfin Laplace créateur, après Dieu, du Système du Monde.

Après les services rendus par les hommes, nommons les services rendus par les différents astres : d'abord les Fixes, si longtemps considérés comme des points de repère éternels, et qui en ont si longtemps rempli l'office — Mars, dont l'excentricité notable dévoile à Képler la vraie nature des mouvements planétaires. Pendant dix-sept années, l'élève et l'ami de Tycho-Brahé étudie cet astre avec une constance égale à la grandeur du but qu'il poursuit; il est récompensé par l'immortelle découverte des trois lois qui régissent le cours des planètes du système solaire — Vénus, d'après la méthode de Halley, nous donne la parallaxe du soleil, base de la mesure des cieux — Jupiter détermine la vitesse de la lumière et nous fournit un moyen simple et prompt de déterminer les longitudes à terre — la lune, par sa distance à des astres déterminés, offre la solution classique du problème des longitudes.

Les utilitaires des temps passés riaient beaucoup sans doute de ces contemplateurs d'✳ ; c'est cependant grâce à eux que nous buvons du café.

*
* *

Les étoiles filantes sporadiques, véritable pluie de lumière à certaines époques de l'année, sont de petites masses de matières très diverses, errant dans l'espace avec des vitesses planétaires et s'enflammant, au contact de notre atmosphère, par suite de la chaleur développée par le frottement. La variété de couleur des étoiles filantes nous donne le droit de conclure à la variété de leur composition chimique. Des masses de gaz incandescents, des nuages de poussière fine au delà de toute compréhension, des matières d'une densité insaisissable, de véritables rochers, parcourent l'éther en tous sens.

Le firmament n'est plus le vide immense, il fourmille, comme l'Océan, d'invisibles infusoires et de gigantesques cétacés. L'aliment ordinaire des baleines consiste en petits mollusques ou crustacés longs de quelques millimètres, en zoophytes mous comme de la gelée, mais le nombre de ces êtres est immense, elles n'ont qu'à ouvrir la gueule pour les engloutir par milliers.

De même notre soleil, en parcourant les espaces, s'assimile les petits corps errants en nombre infini qui flottent dans l'éther, s'en nourrit pour ainsi dire et, par leur combustion, entretient ses propriétés physiques.

Ainsi l'espace fourmille de matières en mouvement, visibles ou invisibles pour nous, réserve éternelle d'énergie.

Et l'Éternel ne se manifesterait dans l'immensité que par de la matière !... Hormis quelques souffrants qui végètent sur notre imperceptible globe, la matière régnerait seule dans l'immensité !

D'après la Genèse, Dieu a réfléchi de toute éternité à la confection de notre petit monde. — Eh bien, vrai, ce n'était pas la peine d'y penser si longtemps.

Sans cesse, les Nuées de Magellan me ramènent au monde phénoménal et, par opposition, la Croix du Sud au monde nouménal, tandis que les craquements du navire, qui frémit dans toute sa membrure en brisant la fureur des vagues, me rappellent qu'avant tout la destinée de l'homme est la lutte, et l'existence humaine m'apparaît comme vécue simultanément dans ces trois domaines : foi, science, action.

La température du milieu céleste joue naturellement un rôle considérable dans la température des planètes qui le traversent. Sûrement la température dans le voisinage des amas du Toucan et du Centaure (que doit-elle être dans ces amas mêmes !) est supérieure à celle des déserts glacés où nos instruments nous révèlent avec peine de rares ⁂ isolées. L'espace a donc aussi ses régions aux chaleurs tropicales et aux froids polaires.

* * *

Que mon âme, emportée dans les espaces sur les ailes azurées de la fantaisie, s'élance au milieu des sublimes vibrations de l'éther et visite les milliards de soleils répandus dans l'espace ! Que de systèmes divers ! Voici le globe solaire avec sa photosphère enflammée et sa radieuse ceinture zodiacale. Autour de lui circule son cortège de planètes sages et fidèles et de comètes échevelées, vraies bacchantes qui, dans leur course effrénée, se prennent parfois d'amour pour une autre ⁂. Voici des couples de soleils unis par le chaste hymen de leur attraction réciproque ; avec leurs brillants satellites ne dirait-on pas deux époux accompagnés de leurs enfants ? Quelle fécondité magnifique ! Il y a moins de variété dans les fleurs de nos prés au printemps que de variétés d'astres dans les champs infinis des cieux. Comment, dans les tourbillons des amas stellaires, les soleils peuvent-ils accomplir leurs révolutions sans chocs ? Comment la loi de la gravitation maintient-elle l'ordre dans ces fourmillements de mondes et de globes enflammés ?

Ces mondes, sûrement peuplés d'humanités intelligentes et libres, sont-ils aussi, comme le nôtre, la proie du doute?

⁂

Humboldt a superbement dépeint l'impression produite par l'analyse des mouvements célestes: « Des causes nombreuses, incessantes, qui font varier les positions relatives des ✻ et des nébuleuses, l'éclat des diverses régions du ciel et l'apparence générale des constellations, peuvent, après des milliers d'années, imprimer un caractère nouveau à l'aspect de la voûte étoilée. Ces causes sont : les mouvements propres des ✻, le mouvement de translation qui emporte dans l'espace notre système solaire tout entier, l'apparition subite de nouvelles ✻, l'affaiblissement, l'extinction même de quelques ✻ anciennes, enfin les changements qu'éprouve la direction de l'axe terrestre, par suite de l'action combinée du soleil et de la lune. Un jour viendra où les brillantes constellations du Centaure et de la Croix du Sud seront visibles dans nos latitudes boréales, tandis que d'autres ✻, Sirius, le baudrier d'Orion, ne paraîtront plus sur l'horizon. Les ✻ de Céphée et du Cygne serviront successivement à reconnaître dans le ciel la position du pôle nord; et dans douze mille ans, l'✻ polaire sera Véga de la Lyre, la plus magnifique des ✻ auxquelles ce rôle puisse échoir. Ces aperçus rendent sensibles, en quelque sorte, la grandeur de ces mouvements qui procèdent avec lenteur, mais jamais sans s'interrompre, et dont les vastes périodes forment comme une horloge éternelle de l'univers. Supposons un instant que ce qui ne peut être qu'un rêve de notre imagination se réalise, que notre vue acquière une puissance surnaturelle, que nos sensations de durée nous permettent de resserrer les plus grands intervalles de temps; aussitôt disparaît l'apparente immobilité des cieux. Les * sans nombre sont emportées, comme des tourbillons de poussière dans des directions opposées, la Voie lactée se divise par places comme une immense ceinture qui se déchirerait en lambeaux. »

Tout phénomène se traduit en mouvements : les uns, comme les vibrations lumineuses, se comptent par milliards à la seconde — les autres, mesurés par les périodes célestes, défient notre langue de trouver des mots et notre esprit des images pour exprimer la lenteur de l'écoulement de leurs éternités.

La tornade, comme le cyclone, dont elle est un diminutif, est un tourbillon. Descartes a formulé en trois mots les lois qui régissent la matière : vibration, ondulation, tourbillon. Quand le vent soulève des tourbillons de poussière, c'est une miniature de cyclone, comme le cyclone représente, sur une échelle infiniment réduite, le mécanisme de la célèbre nébuleuse du Chien de Chasse. Ici, dans le tourbillon stellaire, les grains de poussière sont remplacés par des soleils. Poussière d'atomes ou poussière de soleils, la loi est la même.

Notre système solaire, dans son ensemble, avec son double mouvement de translation et de rotation, et même chaque astre individuellement, portent l'empreinte indélébile de leur antique état de tourbillon.

L'homme tombé de son trône au sommet de la création, perdu dans l'infinie variété des créatures égales ou supérieures, habitantes de tous les mondes, ne se demandera-t-il pas s'il valait le sang d'un Dieu? Telle fut l'inquiétude de l'Église devant l'hérésie de Galilée.

Sans doute Galilée a bien été condamné pour s'être permis d'interpréter les livres saints, ce qui n'est pas l'affaire d'un laïque, mais il a bien été condamné aussi pour avoir professé l'*hérésie du mouvement de la* ♁. Nous avons le texte de son abjuration, signée de sa main le 22 juin 1633, et prononcée au couvent de Minerve devant « les éminentissimes et révérendissimes cardinaux de la République chrétienne, inquisiteurs généraux institués contre la malice hérétique ». Or, si Galilée se reconnaît coupable d'avoir abusé des textes divins, il continue par ces deux phrases d'une implacable clarté : « Mais parce que ce Saint-Office m'avait juridiquement enjoint d'abandonner entièrement la fausse opinion que le soleil est au centre du monde et qu'il est immobile ; que la ♁ n'est pas au centre et qu'elle se meut »... et plus loin : « C'est pourquoi j'ai été véhémentement soupçonné d'*hérésie*, pour avoir cru et tenu que la ♁ n'était pas au centre du monde et qu'elle se mouvait. »

L'Église ne s'est jamais méprise sur l'importance de la doctrine de l'immobilité de la ♁. Les ouvrages de Copernic avaient été censurés. Le moine Foscarini fut censuré pour avoir pris la défense du système copernicien.

D'ailleurs Aristarque de Samos et Cléanthe avaient déjà été accusés d'impiété pour le même motif dans l'antiquité païenne.

Si j'affirme l'impuissance de la prière dans le monde physique, je crois à son efficacité dans le monde moral.

Pourquoi ne prie-t-on plus guère ? Parce que la science a démontré l'inutilité de la prière dans la plupart des cas où l'on priait jadis.

La vieille conception religieuse admettait une

capricieuse gestion du monde matériel par la Divinité. La science proteste. Telle est la cause de notre désarroi mental. Sur ce point, l'immutabilité des lois régissant le Cosmos, toutes les religions doivent capituler. L'intervention de la Divinité dans la direction de l'univers physique est fixe. Dieu ne fait pas de miracles. Demander à la ♁ d'interrompre sa révolution autour de son axe, à la mer de changer ses oscillations de flux et de reflux, à la pluie d'arroser nos prés, au soleil de féconder nos champs, c'est retourner au paganisme.

L'astronomie est le miroir où se reflète avec le plus d'éclat notre supériorité intellectuelle. Quand Le Verrier, sur la foi de ses calculs, ose écrire à Galles, de Berlin : « Cherchez près de l'✱ δ du Capricorne, vous y trouverez une planète inconnue », je reste confondu devant l'ampleur de l'esprit humain.

Le spectroscope nous révèle l'existence de masses gazeuses flottant dans l'espace ; longtemps on a confondu avec ces masses gazeuses des nébuleuses considérées alors comme non résolubles, mais qui se sont désagglomérées devant les grands instruments modernes. Résolubles ou irréductibles, les nébuleuses n'en témoignent pas moins de l'infinité de l'univers dans l'espace et dans le temps. La résistance des nébuleuses, réduites par le gigantesque miroir de lord Ross, au pouvoir dispersif des instruments antérieurs, les recule à des distances telles que le temps employé à nous envoyer leur lumière leur assigne une antiquité supérieure à celle des plus anciennes périodes géologiques.

Pour nous, l'univers est le phénomène de Dieu. Mais, de Dieu à l'univers, il y a quelque chose comme l'abîme qui sépare le noumène du phénomène.

Nous sommes emprisonnés dans l'espace et dans le temps. Dieu vit en dehors de l'espace et du temps. L'univers est la manifestation de Dieu dans l'espace et dans le temps.

Que pouvons-nous savoir?

Dans le monde de la nature, le champ de notre connaissance est sans limite.

Du monde immatériel nous ne savons rien, ni ne pouvons rien savoir, si ce n'est l'incompréhensible mais indiscutable mystère de notre existence simultanée dans deux mondes tout différents, le monde de la nature et le monde de la liberté.

*
* *

Telle ✻ variable opère en trois jours ses changements d'éclat, tel soleil flambe. Sirius fuit à tire-d'aile; Véga, Arcturus s'élancent vers nous avec des vitesses foudroyantes, mais nous ne nous en apercevons pas. La condition d'existence de l'univers est l'infinie variété, la variation incessante, et, dans cette éternelle évolution des choses, l'Éternel vit éternellement identique à lui-même — il est la loi suprême.

Quel spectacle que ces amas célestes où, pour nos yeux, les soleils se pressent comme les sables de la mer, malgré les énormes distances qui les séparent! Parfois ils apparaissent comme une fumée tourmentée que des instruments très puissants résolvent en ✻.

Quel abîme entre le monde à nous révélé par nos sens et le monde à nous révélé par notre entendement! entre l'univers moderne et l'univers si fragile et si mesquin de Ptolémée!

Et, ces enfantements de nouveaux soleils par ces légers nuages incandescents éparpillés dans les cieux qui enrichissent de leurs pâles clartés, parfois bleuâtres, le fond sombre du firmament! — matière cosmique en voie de condensation pour produire, suivant les vues d'Herschel, ces lumineux soleils avec leur cortège de planètes engendrées selon la cosmogonie de Laplace.

Quand je contemple le ciel étoilé, la ♁ me semble bien petite pour m'en faire une patrie et l'humanité bien insuffisante pour m'en faire une nation.

Sans doute, logiquement, l'univers est postérieur à Dieu ; mais, en fait, il a existé de toute éternité, parce que, de toute éternité, l'Esprit créateur a créé.

Les soleils de l'espace sont les molécules du corps de l'Éternel.

La souveraine intelligence pénètre tous les points de l'infini et anime de sa propre vie la fourmilière des mondes répandus dans l'univers.

Pourquoi vraiment des humanités intelligentes et libres ne manifesteraient-elles pas, dans tous les points de l'espace, comme dans tous les moments du temps, la pensée souveraine ?

⁂

La forme constitutionnelle de notre entendement ne se prête à aucune démonstration de l'existence de Dieu ou de l'immortalité de l'âme; en ces matières, nous restons soumis à la foi.

La foi est une faculté de croire, non sans raison, mais sans preuve. Je définirai cet instinct inhérent au cœur de l'homme : l'invincible besoin de se croire en communication avec un Pouvoir secourable.

Je crois à l'existence de deux mondes : le monde des esprits ou de la liberté, le monde des corps ou de la fatalité. Que sont en eux-mêmes ces deux mondes? Comment s'unissent-ils? C'est l'impénétrable mystère. Les manifestations de la matière sont réglées par les lois de la matière; les lois qui régissent les esprits, pour être ignorées, n'en sont pas moins rigides. Ma volonté, mon intelligence, ma liberté, dépendent de l'intelligence dont elles sont issues, comme mon corps dépend du monde extérieur. Il ne me répugne point, dans le domaine des choses de la liberté, de croire à une communication possible entre ma volonté et la source d'où elle émane, à une intervention morale de l'intelligence suprême quand nous l'implorons.

Nos croyances, en dernier ressort, se fondent sur

l'instable terrain de la raison. Or, il y a autant de raisons que de physionomies. Quelques philosophes ont parlé d'une raison générale. Mais qu'est-ce que cette raison générale?

La Raison divine existe assurément; dans la fermentation révolutionnaire nos pères lui vouèrent un culte qui avait sa grandeur. Mais comment se manifeste-t-elle? Quel est son Verbe?

Est-ce la raison du plus grand nombre? S'il est une matière en laquelle le nombre ne fasse pas autorité, c'est bien en matière de croyances. Reconnaître l'infaillibilité du plus grand nombre, s'est décréter le despotisme de l'ignorance.

D'autre part, la foi est une nécessité de notre nature.

Le matérialiste voit dans l'homme un produit de la force et de la matière. Il est bien réduit à croire : prouver sa thèse lui est aussi impossible qu'à ses adversaires d'établir la leur. Lui aussi, quoi qu'il en dise, est un homme de foi. Or, s'il faut croire, j'ai même répugnance à croire à la création de l'homme par une force aveugle et au discours de l'ânesse de Balaam ou aux autres contes de ma grand'mère l'Oie, dont sont farcis les livres sacrés.

* * *

Nous pouvons et nous devons demander à Dieu la force morale; nous connaissons mal, d'ailleurs, les limites de la puissance de l'esprit et de l'action morale dans le monde de la vie.

« Demandez, dit le divin Maître, le royaume de Dieu et sa justice, le reste vous sera donné par surcroît. »

En revanche, n'est-ce point une déplorable faiblesse de demander à Dieu l'inversion des lois conçues de toute éternité par sa sagesse? Mais si, de toute éternité, cette sagesse a fixé des lois assez immuables pour mériter le nom antique d'*inéluctable fatalité*, nous n'en avons pas moins l'instinct d'une communion entre nous et l'Être souverain. La science, en proclamant la nécessité dans l'ordre physique, n'a nullement atteint le sentiment de relation morale entre l'homme et Dieu.

Aucun de nous ne sait vraiment quel homme il est, quel être il porte en soi. Il a deux consciences : la conscience animale et la conscience humaine.

Développer l'âme humaine, telle doit être notre œuvre ici-bas.

Ce travail s'opère dans un milieu nécessaire à notre développement.

Ne faut-il pas au gland, pour devenir un chêne, de la terre, de l'eau, du soleil? Le gland tombé sur la pierre se décompose sans avoir rien produit. Une âme, germe indestructible, pour prospérer a besoin d'une éducation fécondante et d'un milieu favorable; si elle ne les a point trouvés ici-bas, elle les trouvera ailleurs. Ce germe indestructible, emporté par son instinct de milieux en milieux divers, finira bien par arriver au milieu qui lui convient pour prospérer et produire.

Quand, émigrant de monde en monde, nous aurons suffisamment épuré notre âme par les épreuves de la lutte et du combat, qui sait si nous n'arriverons pas à nous construire un organisme propre à planer dans les célestes champs de l'infini? Ce serait le terme ultime de nos transmigrations. Par la connaissance de plus en plus parfaite de l'univers, nous arriverons à la connaissance de notre raison d'être et à la possession de la cause suprême. Telle est en substance la doctrine incluse dans les Mystères des Bardes. Ils nous apprennent que, par le courage et l'énergie déployés dans nos existences successives, nous tendons indéfiniment à la possession de l'absolu.

Combien fut naturel le culte des peuples jeunes pour les astres! Le monde physique est le support du monde intellectuel, et l'étude des lois de la réalité extérieure nourrit notre intelligence d'un aliment robuste et sain. Si la nature n'est pas la plus haute manifestation de l'Éternel, elle est son merveilleux vêtement. Sans doute le roseau pensant l'emporte en noblesse sur toute la matière de l'étendue, mais que penserait le roseau si la matière n'existait pas ?

Le dédain du monde extérieur n'a pu naître que d'un mysticisme imbécile. La recherche des secrets de la nature et, plus que tout, l'étude mathématique et raisonnée du ciel, montrent la puissance de notre esprit et conduisent ainsi logiquement au spiritualisme.

Quelle immense étendue ne doivent pas occuper ces amas d'✻, que nous voyons sous un angle si petit, pour que la gravitation ne les entraîne pas l'un vers l'autre en les agglomérant en une masse immense ! Déjà le problème des Trois Corps dépasse les bornes de notre intelligence, et, quand on aperçoit, sous des angles de trois minutes de degré, des univers peut-être plus vastes que notre voie lactée, on se sent écrasé par leur effroyable antiquité, témoignée par le temps invraisemblable que leur lumière a mis à nous parvenir.

La prétention des Arcadiens d'être plus anciens que la lune, nous donne la mesure de la confiance que l'on peut accorder aux traditions. Selon toute probabilité, la lune existait avant la ♁, ou du moins elle avait acquis ses dimensions actuelles quand la ♁ n'était point encore renfermée dans les siennes, puisque la lune est un produit de l'atmosphère terrestre, alors embrasée et s'étendant à cette époque jusqu'à l'orbite actuelle lunaire. Cette hypothèse de la génération de la lune par l'antique nébuleuse terrestre s'appuie sur des calculs qui lui donnent une quasi-certitude. Nous devons ces beaux calculs à Auguste Comte, le fondateur du positivisme. Il a cherché la vitesse de rotation de la ♁ à l'époque où elle s'étendait jusqu'à l'orbite lunaire[1]. Elle concorde, à un dixième de jour près, avec la vitesse de translation de notre satellite. Cette concordance ne peut être fortuite.

En tout cas, la lune nous a rendu cet immense service de nous permettre d'identifier la gravitation avec la pesanteur. Sans un satellite, la démonstration de cette identité eût été impossible. Plutarque eut l'intuition de cette vérité, quand il nous dit que la violence de son mouvement circulaire empêche seule la lune de tomber sur la ♁ ; mais il fallait le démontrer. Newton eut cette gloire.

---

1. Loi des aires.

Les diverses régions du ciel nous offrent une extraordinaire variété (elle doit être infinie) : ici l'espace est spécialement voué aux amas stellaires, là aux nébuleuses. Près d'un amas de petites ✻ bleues scintille une brillante ✻ rouge, sur tel soleil la ♁ roulerait comme une boule lancée dans un jeu de quilles. Entre Mars et Jupiter circulent des planètes dont la surface équivaut à peine à celle de la France. Là une comète, immense fusée, avec sa longue queue, a l'aspect d'un rayon de lumière électrique, lancé par un projecteur géant.

Sommes-nous la résultante d'agrégats temporaires de molécules en mouvements, agrégats qui se forment sans dessein et se dissolvent sans but — ou, au contraire, sommes-nous un principe actif, éternel, doué du pouvoir de se construire un corps comme outil temporaire ?

Forcément, la température du milieu céleste doit varier suivant que ses régions sont plus ou moins voisines de puissantes associations de soleils. Dans notre course vagabonde, nous ne recevons pas toujours la même quantité de chaleur des astres environnants. Ces variations de température s'opèrent avec une extrême lenteur, par degrés insensibles, parce que les foyers calorifiques diversement groupés sont toujours séparés par d'énormes distances.

Le ciel de l'astronome est la saisissante image de l'infinité de Dieu.

Je fais de notre atome planétaire et de l'infinitésimale fourmilière qui le fréquente, le cas qu'ils méritent; mais ces infiniment petits ont une intelligence; et, par ce fait, je ne les crois pas indignes de l'attention de l'éternel Gouverneur des nébuleuses. Le monde infini suppose une intelligence infinie à laquelle rien n'est indifférent, conformément à la parole : « Quant à vous, les cheveux même de votre tête sont comptés. »

D'après le grand astronome de Slough, la lumière ne peut mettre moins de trois mille ans à parcourir le diamètre du système stellaire formant la Voie lactée. Si immense qu'il soit, qu'est-il auprès du Grand Nuage avec ses cinquante nébuleuses réductibles et les trois cents irréductibles. Ce n'est plus un univers, c'est une agglomération d'univers.

Il est certain que ce monde n'est point fait pour inspirer confiance dans les autres.

Si ce n'est point un purgatoire, que diable peut-il bien être ?

*
* *

L'orgue sacré, le son des cloches ne font plus vibrer en mon cœur des cordes amollies. Pour écouter ma raison, j'ai abandonné le petit Jésus né sur la paille au milieu des pasteurs ; pour suivre cette orgueilleuse, j'ai quitté la voie sereine où je marchais joyeux et confiant. J'ai prêté l'oreille à Hégel, il m'a dit : Toutes choses émanent d'une différentiation de l'Absolu qui, seulement dans l'homme, prend conscience de lui-même et dit Moi... Voilà le dernier mot de la raison humaine après un effort de six mille ans. Est-ce assez étrange cet Absolu inconscient qui fait jaillir l'homme de son sein ; *sachant alors qu'il est,* il se connaît et s'adore... Transportée sur le sol français, la doctrine hégélienne a pris la forme suivante : il y a deux dieux : un dieu imparfait, un dieu parfait. Le dieu imparfait, qui est réel, c'est le Grand Tout. Le dieu parfait n'existe pas par lui-même, nous le créons, c'est l'*Idéal,* c'est la pure essence de la pensée humaine.

Si c'est là le progrès, retournons en arrière, agenouillons-nous au pied des chênes, adorons les sources dans les bois.

*
* *

L'évolution universelle, dans l'infini des mondes, est l'incessante transformation de toutes les parties de l'univers depuis les origines éternelles pour se prolonger dans l'infini des âges. De toute éternité, des astres naissent et meurent ; dans les espaces sans bornes, les Voies lactées se condensent et se dissolvent indéfiniment. Dans chaque tourbillon solaire, l'évolution se poursuit depuis le moment où la masse enflammée descend des plus hautes températures compatibles avec l'existence de la matière jusqu'à l'époque où le tourbillon éteint tombe à la température de l'espace. Entre ces limites, il est des températures compatibles avec la vie, avec cette vie que, dans notre milieu infime, nous voyons évoluer dans les eaux, sur la terre et dans les airs.

Qu'est-ce que *la délivrance?* c'est le triomphe de l'esprit sur la matière : le Bouddhisme cherche la délivrance dans la contemplation, le Christianisme dans l'action.

Ici un amas d'✻ ressemble à un vol d'oiseaux, là une nébuleuse ressemble à une tête de mort avec deux yeux de feu.

⁂

Combien de ressemblances, dans le domaine religieux, prises pour des emprunts ont, en réalité, une origine indépendante ! Mais il est des analogies qui, sans aucun doute, proviennent de sources diverses. La légende des Australiens sur les Gémeaux, légende par laquelle les inventeurs du feu ont été transportés au ciel dans ces deux ☼, ne rappelle-t-elle point à certains égards la légende de Prométhée ? N'est-il pas singulier qu'aux antipodes les hommes, en parcourant du regard le firmament, ont été conduits à créer la même constellation ?

Quand les Bataks affirment l'existence des Vierges célestes auxquelles les hommes dérobent leurs ailes au moment où elles se baignent dans les rivières, ne reproduisent-ils pas la légende scandinave des femmes-cygnes que l'on peut posséder, quand on les surprend déposant sur la rive leur blanche enveloppe pour s'ébattre dans les eaux claires ?

Les soleils ne sont pas répandus au hasard dans l'espace — il n'y a pas de hasard dans le ciel — peut-être découvrirons-nous un jour quelque loi sur les associations de soleils ?

Il est tel soleil dont l'intensité calorifique et lumineuse varie de un à quatre mille dans une période à peu près égale à l'une de nos années.

D'après la loi du Karma (qui est la loi du Mystère des Bardes) chacun se classe lui-même dans l'univers suivant ses œuvres. L'infinie variété des mondes de l'univers se prête à l'infinie variété des êtres qui se font eux-mêmes et s'adaptent à tel ou tel milieu par leurs mérites ou leurs démérites.

Le cercle de la libre action n'est pas le même pour tous les hommes, son rayon varie avec les diverses phases de la grande vie de l'humanité. Il croît avec le temps, par le labeur des générations successives ; c'est là le progrès.

Nous avons tous en nous, dans une certaine mesure, ce que Georges Fox appelait la *lumière intérieure*, ou du moins une étincelle dont nous devons faire une flamme. Elle seule me porte à croire à une liberté infinie, antithèse de cette fatalité démontrée par la constance des lois physiques. Cette lumière intérieure, qui nous permet de lutter contre les pressions du dehors, est une émanation de la souveraine Liberté.

* * *

La fatalité, dans l'ordre naturel, est une forme de la volonté divine. Celle-ci, infaillible et parfaite, ignore l'inconstance et l'instabilité.

Voici, dans toute sa redoutable simplicité, l'insoluble problème posé à l'intelligence moderne :

D'une part, la *Science*, sous le nom de lois, signale partout la fatalité. D'autre part, la *Conscience* affirme l'existence en nous d'une lumière intérieure, et nous éprouvons un irrésistible besoin de croire à une relation entre cette lumière intérieure et la conscience Universelle.

Quoi qu'il en soit, l'esprit moderne se refuse à voir dans l'homme le jouet de volontés extra-naturelles, anges ou démons — le démon, c'est notre nature bestiale originaire ; nous avons bien assez de cet ennemi.

L'homme est un être intelligent, progressivement libre, en lutte, avec ses propres forces, contre une nature dont la souveraine Puissance a fixé les lois de toute éternité.

Si l'astronomie ne nous fait connaître que le règne universel et fatal des lois physiques, du moins ne nous offre-t-elle pas le spectacle de la souffrance — et si elle ne nous suggère aucune raison de croire à une Providence, elle ne nous fournit du moins aucun prétexte d'en douter.

Je ne puis admirer l'ordre du ciel, résultat nécessaire de lois inhérentes à la matière, mais je suis contraint d'admirer la puissance de l'esprit humain dans la personne des Laplace et des Képler qui ont dévoilé les secrets de ces lois[1].

L'étude des phénomènes terrestres nous apprend l'influence des changements du milieu sur la modification des êtres. Le ciel d'aujourd'hui n'est pas le ciel d'hier et ne sera pas le ciel de demain. L'évolution des êtres pensants, conséquence de l'éternelle évolution de l'univers physique, est donc aussi incessante et éternelle.

Nous devons considérer les âmes comme des germes qui tombent dans le milieu indéfiniment variable de l'univers.

Nous trouvons très ennuyeux de vivre sans savoir pourquoi ; les primitifs vivent très bien sans se poser cette question inquiétante.

Ce n'est vraiment pas la peine de vivre sur cette ♁, si nous ne devons pas vivre partout et dans tous les temps.

---

1. Tycho-Brahé fut le grand observateur, Képler le géomètre, Newton le mécanicien du ciel.

Dieu, lui, vit *simultanément* partout et dans tous les instants, parce qu'il est l'infini ; nous, êtres finis, nous ne pouvons vivre que *successivement* dans les divers lieux de l'espace et les diverses durées du temps.

La moderne contemplation du ciel nous révèle l'infinie activité de Dieu — l'imitation de Dieu est donc l'activité, comme le veut la doctrine des Bardes.

Dieu èst l'éternel et incessant travailleur.

Dieu est le laborieux par excellence.

L'univers que je perçois est faux. Mes sens, loin de me rien apprendre sur l'univers, ne me donnent de cet univers que des conceptions erronées. Ces clous de diamant fichés dans le ciel bleu, ce sont des brasiers d'un tel volume que mon imagination reste impuissante à se les figurer.

Je vois des soleils éteints qui en réalité n'existent plus ; en revanche, il est nombre de soleils nouveau-nés qui n'ont pas eu le temps de nous envoyer leur lumière. J'appelle *fixes* — et ce sont bien des *fixes* pour moi — des masses lumineuses lancées dans les espaces avec des vitesses vertigineuses.

Tout ce que me révèlent mes sens est faux, faux, archifaux. Dans le ciel et sur la ♁, tout est illusion et fantasmagorie, et mon intelligence seule soulève un coin du voile sous lequel se cache le réel.

⁂

D'après Herschel, les ✳ se forment par la concentration des nébuleuses irréductibles. Il fait à ce sujet une comparaison bien séduisante.

Nous pouvons, d'un coup d'œil, juger toutes les phases de la croissance d'un arbre, assister, pour ainsi dire, à cette croissance en quelques instants, en comparant entre eux, dans les grands bois, les arbres de même essence à leurs différents âges, depuis ceux qui poussent à peine hors de terre leurs cotylédons, jusqu'à ceux qui percent de leur cime le dôme de la forêt. De même, on aperçoit une gradation ininterrompue entre l'amas indistinct et lactescent de la matière cosmique jusqu'à l'✳ entourée d'une légère nébulosité. On trouve, en effet, des nébuleuses à tous les états possibles : la nébuleuse à l'état chaotique, déchirée, tiraillée en tous sens par des forces multiples ; sollicitée par des centres d'attraction divers. Elle est destinée, dans la suite des temps, à produire quelque chose de plus ou moins analogue aux Pléiades. Ici les centres d'attraction se précisent, se définissent et se manifestent par des masses d'une densité, vers le centre, supérieure à celle des bords. Voici maintenant des noyaux bien formés ; telle nébuleuse à deux noyaux est l'embyron d'une ✻ double. Là le noyau s'est nettement concentré en ✻ entourées d'un nuage vaporeux. Enfin l'enveloppe nuageuse peu à peu se dissipe et la jeune ✻, sortie de ses langes, étincelle dans tout l'éclat de sa rayonnante beauté.

La trinité du philosophe est Moi, l'Univers, Dieu, les trois faces de l'Absolu.

Pour nous, Dieu est le produit de l'Univers et du Moi.

Chaque jour nous nous éloignons de sept cent mille lieues de Sirius et il n'y paraît rien.

Souvent, dans le domaine scientifique, en cherchant une chose on en trouve une autre. C'est à la recherche de l'aviation que le commandant du Temple trouva sa chaudière de torpilleur. C'est en cherchant la parallaxe de la brillante du Dragon, que Bradley découvrit l'aberration de la lumière ; la parallaxe des ✻ ne pouvait se déterminer avec les instruments de son temps. La solution du problème demande à tracer une ellipse dans l'épaisseur d'un cheveu.

⁂

Peut-être serons-nous un jour assez intelligents pour comprendre les maux qu'entraînent la mort et la maladie des soleils et aurons-nous l'âme assez grande pour compatir aux souffrances des humanités qui en dépendent ?

Ici des nébuleuses se forment, là d'autres se dissipent ; dans toutes les directions voguent des ✻. Ces évolutions s'effectuent avec une lenteur qui nous confond ; aux yeux de l'Éternel, ce n'est pas même le temps que met la brise à soulever la poussière du chemin.

Des causes incessantes font varier l'éclat des diverses régions du ciel et la forme des constellations, parmi ces causes : l'apparition de nouveaux soleils ou l'extinction d'astres brillants. Le tableau du ciel varie encore en vertu du mouvement propre de notre système : nous fuyons Sirius, nous nous élançons vers Hercule. Supposons-nous un instant la faculté de resserrer le temps dans des proportions énormes, tout en donnant à notre vue une extension supérieure à la vision télescopique, alors l'apparente immobilité des cieux prendra l'aspect de ces grouillements d'infusoires et de microbes que le microscope nous révèle dans une goutte d'eau.

* * *

Des influences mécaniques, physiques, chimiques les plus variées ont localisé des effets particuliers dans des régions spéciales de l'espace comme sur la ♁. Telle province est déserte ou dévastée — peut-être un cimetière de mondes — telle autre riche en nébuleuses; celle-ci est féconde en amas stellaires, celle-là en ✳ rouges et variables; là, c'est un tel fourmillement de soleils que l'idée est tout naturellement venue de lui donner le nom d'*essaim d'abeilles.*

En astronomie, plus visiblement qu'en toute autre science, éclate, avec une saisissante évidence, l'abîme qui sépare le monde réel du monde perçu par nos sens.

Le monde que nous percevons est une illusion vaine qui n'existe qu'en nous, et le monde où pénètre, avec tant de difficulté, notre intelligence est le seul vrai.

La mer est calme, une brise légère enfle nos voiles. Le ciel pur, sans lune, scintille de toutes ses ✳, et la mer, jalouse des splendeurs du ciel, scintille de milliards d'animalcules phosphorescents; elle est comme un miroir gigantesque où se reflètent à la fois l'infiniment petit et l'infiniment grand.

L'insensible nature, ayant pour rien la matière et le moule, assure la perpétuité de l'espèce sans aucun souci des unités qui la composent.

Mais notre espèce se modifie à la longue par la disparition des unités vieillies et l'avènement d'unités nouvelles très légèrement modifiées.

La mort est donc le suprême agent de progrès.

Si, faisant abstraction de notre chétive individualité, nous contemplons de haut l'ensemble des choses, rien de plus bienfaisant que la mort.

La mort, qui est un bienfait pour l'espèce, ne peut être un mal pour l'individu.

L'homme étant fatalement condamné à faire usage de sa raison, n'y a-t-il pas lieu de chercher les limites du champ dans lequel il lui est donné de se mouvoir avec certitude ? Elle peut suivre deux voies : dans l'une elle marche appuyée sur le bâton de l'expérience ; elle étudie ainsi les rapports des choses. La science naît de l'accord de l'expérience et de la raison. Mais quand notre esprit, rejetant le secours de l'expérience, veut, avec ses propres forces, pénétrer la substance et la cause premières, il n'aboutit qu'à des négations. Avec la seule raison, l'homme est un être isolé dans l'espace, faisant des efforts désespérés pour se mouvoir. Quand la raison s'appuie sur l'expérience, celle-ci lui découvre d'inépuisables trésors : elle peut mesurer les espaces et peser les mondes, les éléments et les forces de la nature sont pour elle des jouets. Mais l'âme humaine n'en reste pas moins comme un homme dévoré par la soif au milieu de monceaux d'or. Il possède toutes les richesses, mais il lui manque ce qu'il désire plus que tout : savoir ce qu'il est, pourquoi il est, ce qu'il sera.

IL remplit l'espace et le temps de la création infinie dont il est la pensée.

Laplace était athée. Quand il présenta à l'Empereur son *Système du Monde*, Napoléon, qui croyait à un Dieu fait à son usage personnel, fronça le sourcil en parcourant la préface, et dit :

— Mais, Monsieur de Laplace, et Dieu ?

— Sire, répondit le grand astronome, je n'ai pas eu besoin de cette hypothèse.

Il avait mille fois raison : la gravitation à elle seule maintient l'ordre dans l'univers. Je ne puis voir une Providence active dans l'ordre de l'univers, quand une simple loi suffit.

Tous ces astres, par eux-mêmes, ne me disent rien si je ne les peuple d'êtres pensants et libres.

Pour le savant, Dieu est une hypothèse inutile.

Dans l'ordre scientifique, Dieu n'est qu'un embarras.

Mais je sens en moi — et ma conscience même du déterminisme me le prouve — autre chose que la nécessité.

L'apparition des belles et grandes nouvelles ⁂ a toujours été pour ainsi dire subite, comme lorsqu'on enlève un écran devant un corps lumineux ; leur disparition s'est opérée en peu de mois. Doit-on y voir un des derniers éclats d'une lampe qui se ranime brusquement avant de s'éteindre ? Probablement.

Newton ne prononçait jamais le mot *Dieu* sans se découvrir. Au fond, c'était un hommage qu'il se rendait à lui-même ; il honorait en Dieu le génie de Newton. Ce grand homme ne put suivre, dans toutes leurs conséquences, ces lois de la gravitation qu'il avait découvertes. Ayant constaté des perturbations dans la marche des planètes, il crut à une accumulation continue de ces perturbations et, par suite, à la nécessité d'une intervention divine pour rétablir l'équilibre. Mais après Euler, d'Alembert, Lagrange, vint Laplace ; pièces en mains, il affirma cette vérité aujourd'hui reconnue :

Les perturbations sont périodiques ; le système

solaire oscille indéfiniment par périodes séculaires autour d'un état moyen dont il ne peut s'écarter que dans des limites fort resserrées ; en un mot, le système solaire renferme en lui-même les conditions de sa stabilité.

Rien ne nous permet d'affirmer notre libre arbitre, ni notre immortalité, ni l'existence de Dieu, mais nous avons de fortes raisons d'y croire.

Le plus souvent, les beaux amas d'✻ apparaissent dans de vastes déserts.

Ici, sur un fond noir, le télescope détache une goutte de sang figé — là, une perle d'or.

Notre imagination ne peut suffire à nous représenter notre soleil, qui n'est en somme qu'un soleil des plus médiocres. Comment pourrions-nous avoir la perception nette d'une sphère telle qu'en mettant la ♁ au centre, la lune décrirait son orbite bien en dedans de l'écorce solaire. On se figure difficilement cet immense brasier comme uniquement destiné à chauffer et éclairer quelques points imperceptibles de l'espace. Toutes les planètes sont comprises dans une bande très mince du plan équatorial héliaque. Ainsi, à première vue, toute la lumière, toute la chaleur, toute l'énergie émanées de la surface solaire semblent se perdre, sans objet immédiat, en dehors de cet équateur. Mais, dans ce plan équatorial lui-même, quelles sont la chaleur et la lumière utilisées ? Combien du soleil semblent petits les diamètres des planètes ! Vu de la ♁, le soleil occupe à peine les cinq millionièmes de la voûte céleste. Sans doute, les énergies solaires rayonnant ainsi dans l'espace ont un emploi insoupçonné. Ces rayons des divers soleils, inutilisés en apparence, entretiennent il est vrai la température de l'espace qui, sans eux, tomberait au zéro absolu. Est-ce tout ? Quoi qu'il en soit, employer uniquement le soleil à notre entretien serait employer l'océan à faire végéter une huître.

Ces énergies solaires, s'entrecroisant dans l'éther, constituent l'atmosphère universelle de tous les vivants.

Dans mon enfance, cette étrange conception m'absorbait des journées entières : tout était illusion autour de moi, seul j'existais. Seul j'assistais à un spectacle magique, à une scène de pantins dont les fils se réunissaient dans les mains d'une puissance invisible, qui se plaisait à en étudier l'effet sur moi.

Au premier abord, cela semble une hallucination de délirant ; au fond, c'est une réalité. Je porte en moi le monde que je connais, si je cesse de sentir, ce monde s'écroule ; il cesse d'exister sous la forme que je lui avais donnée.

Le son n'est son que grâce à mon oreille ; sans elle c'est une vibration, un mouvement de l'air. La lumière, elle aussi, est vibration, vibration de l'éther ; elle n'est lumière que pour moi, par l'intermédiaire de mon œil. La façon dont je suis impressionné par un phénomène dépend autant de la conformation de mes organes que du phénomène lui-même. Quand j'admire les splendeurs du soleil couchant, j'assiste à une véritable fantasmagorie. Ces nuages empourprés, ce globe étincelant, ils ne sont point à l'horizon, ils sont dans ma cervelle. Nous percevons le monde extérieur à travers une lunette fantaisiste. Je ne connais du monde extérieur que ses relations avec mon moi, je ne puis le pénétrer en lui-même. Ma chétive personne est irrémédiablement le jouet d'une illusion fatale. Centuplons nos moyens d'investigation, multiplions à l'infini la puissance de notre vision artificielle, faisons les atomes gros comme des mondes, rapprochons les astres à la portée de la main, nous donnerons à nos illusions des proportions gigantesques, mais nous ne connaîtrons pas la substance dans son intimité.

*
* *

Quand je contemple tous ces astres, je me demande si l'on y souffre comme ici-bas et, dans tous les points de l'espace, j'entends retentir des cris de désespoir. Je me demande si les humanités qui voguent dans l'océan de l'éther sont aussi bêtement cruelles que la nôtre ; si elles épuisent le plus clair de leur génie à s'entredétruire et à se nuire.

Quand il s'agit de torturer son prochain, l'homme est d'une ingéniosité extraordinaire ; il y dépense les trois quarts de son intelligence, de sorte que son intelligence n'est le plus souvent que sottise pure.

Celui qui fait le mal ici-bas est coupable envers tous les mondes. La solidarité est universelle entre tous les êtres libres et pensants.

Au lieu de se mettre au service de Dieu, la plupart des gens veulent un Dieu qui les serve.

Le proverbe « Chacun pour soi et Dieu pour tous » est fort inexact. Chacun veut un Dieu pour soi. Au fond nous sommes restés fétichistes ; c'était si agréable et si commode de porter son bon Dieu dans une sacoche que nous n'avons pu en perdre l'habitude.

Heureusement, pour l'ordre universel, le bon Dieu fait la sourde oreille à tous ces vœux égoïstes.

*
* *

Rien ne se perd dans la nature, ni atomes, ni énergies.

Les âmes sont des énergies qui, n'ayant pas donné ici-bas tout ce qu'elles peuvent donner, doivent le donner ailleurs.

A mes yeux, la Croix du Sud et les Nuées de Magellan sont deux symboles.

Les Nuées — symbole de la science, du déterminisme, de la fatalité.

La Croix du Sud — symbole de la plus haute des libertés, la liberté morale, dont la manifestation la plus élevée est le sacrifice volontaire de soi.

Les Nuées me ramènent à la loi — à la loi scientifique qui régit le monde et aussi à la grande loi du Karma qui régit la circulation des âmes dans les divers mondes de l'univers.

La Croix du Sud me rappelle l'Homme-Dieu, l'homme devenu dieu par sa victoire sur la nature, par le développement en lui du divin et la soumission du bestial.

L'Homme-Dieu, c'est le symbole de l'association de l'homme et de Dieu pour le gouvernement de la ♁.

L'animal ne crée pas, l'homme crée. Dieu a délégué à l'homme une parcelle de sa faculté créatrice; c'est en cela qu'il l'a fait à son image. L'Homme-

Dieu, c'est l'homme créateur. Dieu lui a délégué cet extraordinaire pouvoir de parfaire son œuvre ; mais, de toutes les œuvres de l'homme, la plus noble est de se parfaire lui-même.

Comme le dit fort justement Kant, les anciens géographes qui croyaient la ♁ plane ne pouvaient déterminer les bornes de leur science que par les explorations des voyageurs. La connaissance de la sphéricité de la ♁ et la détermination de son diamètre fixèrent les limites de *toute géographie possible*. On ignorait les détails du domaine, mais on en avait mesuré l'étendue.

De même nous ignorons tout ce que l'expérience nous apprendra encore, mais nous savons que la sphère de notre connaissance a l'expérience pour rayon. En dehors de cette sphère nous ne pouvons pas plus savoir que nous ne pouvons marcher hors de notre globe.

Hors de l'expérience nous pouvons nous servir de notre raison pour chercher le probable, le vraisemblable, pour *croire*, mais non pour savoir le vrai.

Est-il utile pour le gouvernement de notre vie de croire, en d'autres points de l'univers, à d'autres existences, conséquence de notre vie actuelle ?

Cette utilité n'est assurément pas une raison suffisante pour affirmer, mais c'est une raison suffisante pour supposer.

Spinoza dit avec raison : « Le prix de la vertu est la vertu même », et Kant : « La plus grande perfection de l'homme est de remplir le devoir par devoir. » Néanmoins la grande doctrine des Bardes des transmigrations successives où chacun prépare ses destinées ultérieures est saine et réconfortante et, de plus, *donne à la fois à notre vie présente et à l'univers une raison et un but.*

L'espace et le temps sont les formes de l'univers — l'éternité et l'ubiquité sont les formes de Dieu.

Et toujours mes regards cherchent la Croix du Sud ou se dirigent vers ces deux îles de lumière, l'orgueil du ciel austral, les Nuées de Magellan. Le grand nuage surtout est une merveille, on dirait un lambeau détaché de la voie lactée par un ouragan céleste. Tandis que la Croix du Sud éveille en moi les plus hautes pensées morales, les Nuées me ramènent à la science pure. Et, sous mes pieds, vibre le navire, comme si la rage du vent et les menaces des montagnes d'eau couronnées d'écume le faisaient frissonner, et l'on se sent fier, car la lutte ennoblit l'homme. Qu'il serait plat un monde sans danger ! Grâce à Dieu, nous aurons toujours des périls à braver, des sacrifices à faire, du dévouement à montrer.

Nous ne pouvons démontrer la légitimité de notre raison que par notre raison : notre condition est donc nécessairement le doute.

Depuis la plus haute antiquité, à la grande admiration des humains, l'ordre règne dans la société des abeilles. Pourquoi l'ordre n'est-il jamais troublé ? Parce que la république mellifère est composée d'êtres sans raison. Qu'une puissance surnaturelle leur fasse ce don funeste, à l'ordre va succéder le chaos. On proclamera la souveraineté de la raison. On raillera les vieilles coutumes. Les travailleuses décréteront le principe égalitaire, se déclarant lasses de leurs efforts pour entretenir une reine uniquement préoccupée de faire l'amour dans son harem de mâles et de produire d'interminables légions d'enfants voraces. On ne sera plus d'accord sur rien : un parti voudra des alvéoles ronds, l'autre des alvéoles carrés. Il faudra des siècles de travaux et le génie de plusieurs Pythagore pour en revenir aux formes hexagonales. Adieu hiérarchie, économie, travail ! en leur lieu et place la famine et la guerre civile. On fera révolution sur révolution, et la terre promise de la raison fuira comme un mirage devant les pas du voyageur. On ne sera pas satisfait du mal intérieur, la folie du prosélytisme fera porter la guerre dans les ruches voisines, et cela ne finira que quand cette race infatuée aura trouvé l'ordre dans la mort.

*
* *

Aux savants qui nous ravissaient les joies du ciel, les malheureux ont répondu : Donnez-nous les joies de la terre.

*
* *

Il y a deux manières de parvenir à la délivrance :

Le dédain bouddhique : quand on est bien convaincu que rien ici-bas ne mérite qu'on s'en occupe, on est délivré de tout souci.

On peut, au contraire, chercher la délivrance dans la lutte et l'effort, dans l'étude et le travail, conformément à la fière doctrine des Mystères des Bardes, sublime évangile de l'autarchie intellectuelle et morale.

*
* *

Dans cette fourmilière de mondes, il m'est impossible de ne voir que de la matière en mouvement, elle ne peut être que le support de la vie et de la pensée à profusion répandues, la forme tangible d'une pensée suprême. Cet univers visible baigne dans un océan invisible d'intelligences et de volontés. Tout cet univers n'a ni sens ni raison d'être, s'il n'est le théâtre d'éternelles migrations d'esprits, tendant indéfiniment vers la liberté absolue, qui est la totale émancipation de l'esprit du joug de la matière.

* * *

L'homme ne naît libre que partiellement, étant chargé du poids d'un passé dont il a perdu le souvenir. C'est affaire à lui de devenir libre. La liberté est la glorieuse récompense du travail, de l'étude, de la moralité, de l'effort. La fin de l'humanité en ce monde et de l'homme dans la vie future est l'extension indéfinie de la liberté.

Nous devons lutter de toutes nos forces contre la fatalité qui nous enserre pour reculer les limites de notre liberté. Notre aspiration constante doit être de nous rendre de plus en plus indépendants du monde extérieur, de faire prédominer de plus en plus, en nous, le principe libre, divin, humain (trois mots adéquats) sur la brute originelle qui lui sert d'instrument et de support.

J'entends par nécessité la loi divine fixée de toute éternité.

La fatalité gouverne souverainement la matière.

L'esprit, dégagé de toute matière, s'il pouvait agir et vivre, jouirait de la liberté absolue.

L'homme, esprit et matière, mystérieusement unis, jouit d'une liberté limitée, mais il a bien conscience de participer à la liberté absolue.

Qu'est-ce que le progrès ? C'est l'émancipation du joug de la matière, c'est la domination de la nature par l'esprit.

D'après la loi du Karma, souveraine directrice de l'univers moral, nous devons considérer les maux immérités de cette vie comme l'expiation de fautes commises dans une vie antérieure et la suite des existences comme des épreuves par lesquelles chacun se classe suivant ses œuvres. En un mot, nous nous faisons nous-mêmes, nous et notre destinée, en empruntant nos moyens d'action au milieu dans lequel nous sommes plongés. — Ainsi se réalise la loi morale.

Quand, après avoir passé de monde en monde, nous aurons fait une suffisante éducation, quand nous aurons suffisamment développé notre intelligence, qui sait si nous n'arriverons pas à nous construire un organisme apte à planer dans l'éther. Ce serait le terme de nos transmigrations, la compréhension de plus en plus complète de l'univers, la pleine connaissance de notre raison d'être, une possession de plus en plus étendue de Dieu même.

D'après les Mystères des Bardes, par le courage et l'énergie dans nos diverses existences, nous pouvons approcher indéfiniment dans Gwynfyd de la possession de l'absolu.

D'après le Bouddhisme, quand la fatigue de nos vies successives (fatigue dont nous avons la sensation obscure) nous pousse à chercher le repos dans le Nirvâna, nous pouvons *nous échapper par la tangente à la roue de misère de l'existence* et nous perdre, par la contemplation et le suprême dédain de toutes choses, dans le sein du Grand Tout.

La différence essentielle, mais elle est énorme, entre le Bouddhisme et le Bardisme c'est que le Bouddhisme est l'absorption de la personnalité, tandis que le Bardisme en est l'exaltation. Dans le Nirvâna, la personnalité s'évanouit; dans Gwynfyd, elle se développe. L'idée bouddhique est l'extinction de l'activité dans la contemplation, l'idée celtique en est l'aiguillon.

***

La conception bardique d'une volonté libre, luttant dans une arène de lois nécessaires, appuyée et ranimée dans le combat par l'espoir de vies futures et ascendantes vers la perfection dont nous préparons ici-bas les éléments, me paraît à la fois la plus noble et la plus pratique.

* * *

« Quand l'homme commence à raisonner, dit Rousseau, il cesse de sentir. » Les besoins du cœur et les besoins de la raison diffèrent, le difficile est de faire à chacun sa part — car on ne peut sacrifier l'un à l'autre.

L'ambition de la raison est de rattacher la totalité des conditions à l'inconditionné ; cette ambition ne peut être satisfaite — entre la cause première et les causes secondes, aucun pont ne peut être jeté.

Nous devons bien plus nous efforcer ici-bas de mériter le bonheur que de l'atteindre.

Toujours heureuse, la vertu cesserait d'être méritoire.

L'homme, d'après la virile doctrine des Bardes, jouit du sentiment de sa grandeur par l'énergie déployée dans la souffrance et dans la lutte, grandeur qui atteint son apogée dans l'immolation volontaire du moi.

Nous ne connaissons ni la substance ni la cause,

nous ne connaissons que les relations des choses — ou du moins leurs relations avec nous, d'où nous déduisons les relations des choses entre elles.

La religion dominée par l'idée de substance aboutit au panthéisme.

La religion dominée par l'idée de cause aboutit au monothéisme hébreu avec son dérivé l'Islamisme.

La religion dominée par l'idée de la conciliation du fini et de l'infini — de l'homme et de l'absolu — aboutit à l'anthropomorphisme, dont la forme la plus haute est le Christianisme — l'adoration de l'Homme-Dieu.

Le monde suprasensible est absolument impénétrable pour notre raison dont la fonction manifeste est le gouvernement du monde moral.

Nous nous mouvons simultanément dans des mondes très divers : 1° le monde de la nature, dans lequel notre entendement est souverain ; 2° le monde moral, monde d'action et d'activité, dans lequel la raison est notre guide ; 3° le monde suprasensible, vague, nuageux, tout d'idéal et de poésie, dans lequel se meuvent nos facultés esthétiques, sous l'empire de ce sentiment irraisonné qu'on appelle la foi.

* * *

Vivre, c'est se faire et se refaire. La vie est une incessante évolution. Le paradis qu'on nous offre n'est pas un paradis de vivants.

L'astronomie animée par la foi dans la vie universelle est le trait d'union entre les sciences physiques et les sciences morales.

Tout idéal supérieur devient infailliblement le principe d'une foi nouvelle.

Plus nous élevons notre idéal, plus nous approchons de la vérité. La vérité dans l'ordre moral, c'est la perfection. Quel idéal plus magnifique que celui de l'ascension de tous les êtres sur l'échelle infinie de l'univers!

Tour à tour les Nuées de Magellan m'attirent vers l'athéisme, le dédain bouddhique ou la fière doctrine des Bardes.

La contemplation du Grand Nuage ne me lasse jamais. Je suis de plus en plus saisi par cette agglomération d'univers, enfermée dans le champ de ma jumelle.

Qu'ils sont petits les dieux du passé auprès du Dieu de Galilée !

Un nouveau ciel physique demande un nouveau ciel mystique.

Ce n'est pas seulement un nouvel univers, c'est un nouveau Dieu que Galilée trouvait au bout de sa lunette.

Et la Croix diamantée brillant sur le bleu sombre me ramène au grand symbole, et me rappelle qu'un homme, homme comme nous, est devenu l'Homme-Dieu par le sacrifice entier de son moi.

L'instinct de la communion entre l'homme et l'âme universelle a conduit l'humanité à la croyance aux médiateurs. Les premiers médiateurs ont été les sorciers, médiateurs ignorants, mais sincères. Puis des âmes d'élite se sont proclamées intermédiaires entre nous et l'Être suprême. Les médiateurs ont puisé leur foi et leur force dans le sentiment d'une intime relation entre la conscience humaine et la conscience du Grand Tout. Leurs doctrines ont approché de la perfection selon le degré d'intimité avec la souveraine Essence auquel ces grandes âmes ont su s'élever. Tant vaut le révélateur, tant vaut la révélation. Le prince de ces révélateurs, Jésus, par une pureté absolue, a pu parvenir à la complète identification avec la source de tout bien.

Que puis-je savoir? Rien en dehors du champ de l'expérience.

Que dois-je faire? Obéir à ma raison.

Que puis-je espérer? Revivre en quelque autre lieu de l'univers avec le nouvel être que j'aurai fait de moi ici-bas.

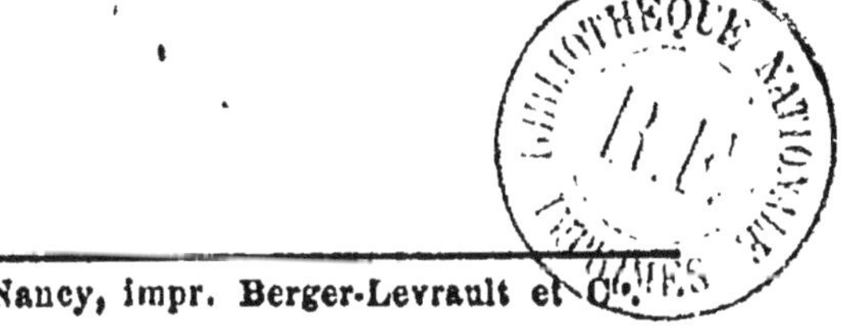

Nancy, impr. Berger-Levrault et Cie.

Nancy, impr. Berger-Levrault et Cie.

www.ingramcontent.com/pod-product-compliance
Ingram Content Group UK Ltd.
Pitfield, Milton Keynes, MK11 3LW, UK
UKHW022122190726
13855UKWH00003B/1010

9 782013 380751